AF619866

LE BONHEUR DES GENS DE LETTRES.

DISCOURS

PAR M. MERCIER.

> Rex est qui metuit nihil,
> Rex est quique cupit nihil ;
> Hoc regnum sibi quisque dat.
>
> *Senec. Thyest. Act. V.*

A Londres, & se trouve

A PARIS,

Chez CAILLEAU, rue du Foin S. Jacques, à Saint André.

M. DCC. LXVI.

Z

55031

AVERTISSEMENT.

ON a les Traités de Pierrius Valerianus, *& de* Cornelius Tollius: De infelicitate Litteratorum. *Je ne ſçais ſi ces deux Ecrivains s'étoient rendus malheureux dans leur Profeſſion, mais leurs Ouvrages ne ſont rien moins que concluans. Parmi plus de quinze cent faits, à peine s'en trouve-t-il trois ou quatre qui offrent quelque choſe digne de remarque. Il n'eſt point de revers particuliers attachés aux Gens de Lettres, & s'ils ſont pourſuivis par la haine, l'envie ou la tyrannie; c'eſt un malheur commun à toute eſpéce de Talent. Tous les hommes ſont expoſés aux mêmes infortunes, & pourquoi les Sçavans croiroient ils devoir être exempts des calamités qui affligent leurs ſemblables. Je vois beaucoup d'avantages liés à la Profeſſion des Lettres; je les ſens encore mieux. N'eſt ce rien que de ſuivre ſon goût, & de ſe livrer tout en-*

tier au charme qui nous flatte? J'ai donc peint ce que j'éprouvois, & je crois que plusieurs Ecrivains sentent comme moi. Mon but a été aussi de rendre hommage aux Gens de Lettres, & d'éclairer certains hommes sur leur injustice envers des hommes qui se sacrifient pour leur être utiles. La mode est venue de calomnier les Arts & les Gens de Lettres, & l'on se dispense ainsi de l'admiration & de la reconnoissance, deux fardeaux bien pesans pour le cœur ingrat de l'homme, & l'on se croit en droit avec ce faux mépris de rejetter leurs leçons. Je ne parle point pour ces ames insensibles & farouches, ou pour celles qui n'ont qu'un chagrin superbe, je parle pour ceux qui sçavent apprécier les vertus & les talens. On ne confondra peut-être pas parmi les Gens de Lettres qui méritent ce nom, ceux qui l'usurpent. On distinguera facilement ceux qui honorent leur siécle d'avec ceux qui se déshonorent eux-mêmes.

LE BONHEUR DES GENS DE LETTRES.

QUEL ſpectacle pour l'œil d'un Philoſophe que le détail curieux de la variété des eſprits, de la prodigieuſe différence des talens, des états & des combinaiſons infinies qui naiſſent de ces rapports mutuels! Ici le ſouffle du Génie donne à l'homme une vie & une force nouvelles, là, ſes facultés ſont engourdies dans la nuit de l'ignorance & de la ſuperſtition. Tour à tour le Philoſophe admire & ſourit de pitié. Il conſidére cet amas de caractères oppoſés; la folie & la ſageſſe qui s'uniſſent dans une même nation, qui ſubſiſtent ſans ſe faire un obſtacle inſurmontable, qui semblent enfin naître & vivre l'une par l'autre. Il voit toutes les largesses de la Nature accumulées sur une seule tête, tandis qu'une foule immense ne rassemble pas un seul de ses dons précieux. L'aigle superbe des Sciences, la colombe gémissante de la Poësie, le compas d'Euclide, le Télescope de l'Astronome, la Boussole du Navigateur, le Métaphysicien méditatif, les Rois qui favorisent les Artistes & reçoivent d'eux en échange une gloire immortelle & le troupeau qui suit leurs leçons ou leurs ordres, tout dans ce systême inégal, qui forme un tout régulier, lui paroît lié d'une chaîne forte & indestructible, qui réunit ces emplois divers sans confusion & sans désordre.

Mais si ses regards sont fatigués de tomber trop fréquemment sur des hommes tellement opprimés qu'ils ne sentent plus leurs chaînes, ou sur d'autres insensibles à ce qui fait les délices des ames tendres & sublimes, il s'arrêtera avec complaisance sur ce petit nombre de Sages répandus sur la terre, qui vivent libres par la pensée, dont la sensibilité éclate en traits de flamme, qui parlent hautement pour l'intérêt des hommes, & qui malgré les discordes des États, entretiennent une correspondance utile au monde. A sa vûe élevée, les Rois, les combats, les Tyrans vont disparoître, il ne verra plus que les Oracles de l'Univers qui donnent asyle à la Vérité & à la Vertu fugitive. Leurs travaux seront à ses yeux les travaux les plus honorables, leur gloire la plus pure; elle leur appartiendra toute entiere, car ils l'auront créée, & elle vivra dans les siécles les plus reculés.

Telle est la gloire des Gens de Lettres; s'ils vivent dans la retraite, s'ils vivent séparés, ils n'en forment pas moins un Corps, tôt ou tard rédoutable à ses Tyrans, qui tel que le feu répandu dans les différentes parties de la terre, sert à éclairer ceux mêmes qui se refusoient à la lumiere, & qui doué d'une activité & d'une force invincibles, brave le despotisme qui voudroit l'anéantir ou l'étouffer.

C'est dans ce siécle philosophique où le mérite fait l'homme, où l'on distingue les talens de la puissance, où le respect extérieur s'accorde aux Dignités, & le respect véritable au Génie, que ma raison libre vient leur rendre hommage. Puisse ma reconnoissance leur rendre un tribut digne d'eux. Si j'étois Roi, j'écouterois leurs leçons, je n'ai que ma voix, elle leur eſt conſacrée. Leurs opinions diverſes, leurs ſyſtêmes oppoſés, leurs combats, le dirai-je, leur foibleſſe s'évanouiſſent à mes yeux. Je ne vois plus que leurs bienfaits qui ſont imprimés ſur la face des Empires, & qui ſubſiſteront après eux. Je vais les peindre, ces hommes, noblement ambitieux, qui ont aggrandi la ſphere de notre entendement, & qui voulant ſurprendre les premiers ſecrets de la Nature, ont du moins touché le voile redoutable qui les couvre, en attendant que des mains plus heureuſes le déchirent. Si la penſée eſt utile à l'homme, nous leur devons tout; ils ont éteints les torches du Fanatiſme, ils ont poli les mœurs des Nations, ils ont applani les chemins qui menent aux grandes découvertes, ils ne jugent point la terre, mais ils l'éclairent en ſilence. Sans doute ils ont reçu de la Nature cette ame étendue & active qui s'éveille à toutes les ſenſations & ſaiſit avidement leurs rapports, mais qui les ſoutient dans leurs travaux ſans ceſſe renaiſſans? Quel bien les dédommage des fureurs de l'Envie qui les pourſuit juſqu'au fond du tombeau que la rage détruit encore? Quel charme leur fait ſupporter le poids de l'adverſité, leur fait mépriſer les dons de la Fortune?

Qui les rend insensibles à l'ingratitude de leurs siécles, aux cris éternels des lâches Zoïles qui les outragent? Comment renoncent-ils à la faveur des rangs, à cette douce paresse dont la pente est si facile, à ces plaisirs qui les sollicitent d'autant plus qu'ils les fuient? Qui les attache au silence, à la solitude, à la méditation? La Gloire, dira-t-on. O Gloire! je sens ce que tu vaux, mobile des grandes ames, tu récompenses lorsque le genre humain ne peut plus payer; on te desire, on te poursuit, on fait tout pour toi; mais qui peut se flatter de goûter tes faveurs? Toujours contestée, rarement pure, jamais universelle, fugitive & trompeuse, tes adorateurs comprennent eux-mêmes qu'il n'appartient qu'à la mort d'y mettre le sceau; & qu'il faut dormir dans la tombe, pour être compté parmi les grands hommes. Il est donc un attrait plus présent, plus cher, plus sensible qui anime l'homme de Lettres: sans doute lorsqu'il peint le grand, le beau, le sublime, le gracieux, il éprouve les transports d'une douce émotion; il saisit, il embrasse son magnifique sujet, il s'identifie avec ce qu'il traite; & voilà, selon moi, sa plus heureuse récompense, la seule qu'il doive attendre, ou plutôt, voilà le charme impérieux qui fait fuir les heures, qui éleve sa pensée, la colore, l'échauffe d'un feu divin & le console de tout, quelquefois même de son obscurité.

Malheur à celui qui ne trouveroit pas dans ses occupations la source de ses plus cheres délices, il ne feroit rien de grand rien d'élevé. Il ressembleroit à l'Artisan, qui se fatigue depuis l'aurore jusqu'au coucher du Soleil, n'ayant en perspective qu'un gain servile. Les travaux d'un homme de Lettres ont un motif plus noble; son génie le subjugue, il ne lui est pas permis de chérir avec modération, il sera entraîné par les idées mâles & sublimes que son cœur enfante. Il s'enflammera pour l'ordre, la justice, la vertu, & s'indignera aussi puissamment contre le vice, la tyrannie & le méchant.

Je tracerai donc la sorte de félicité qui accompagne l'homme de Lettres, digne de ce nom. Hommes tyranniques, vils, envieux, frivoles comtempteurs, frémissés! Il est un bonheur que vous ne lui pouvez arracher. Il existe pour lui indépendamment de vos caprices, de vos traits amers, de vos basses calomnies; il lui appartient comme à vous, l'affreux sentiment de la haine. Il boit le nectar des Muses, & vous vous nourrissez de serpens L'homme de Lettres vit libre dans une noble indépendance ; l'homme de Lettres goûte des plaisirs délicats inconnus au vulgaire. Ah ! s'il se trouvoit quelqu'Ecrivain qui regardât ce bonheur comme un beau rêve, je le plaindrois ; il me prouveroit combien il est malheureux dans l'exercice de ses talens & le choix de ses études.

PREMIERE PARTIE.

L'Homme est jetté dans l'Univers avec un esprit, des sens & des passions. Il me semble que j'entends l'Auteur de la Nature qui lui crie : Je t'ai doué de ce qui t'étoit nécessaire pour la mesure de ton bonheur. Ouvre les yeux, examine & choisis ton sort. La foule des hommes en s'éveillant, ne voit que ce qui frappe leur instinct grossier ; ils existent sans être émûs. Satisfaire quelques besoins, comparer avec peine deux objets, voilà où se réduisent leur desir & leur curiosité : mais l'homme de génie ouvre à peine les yeux, qu'il reçoit à la fois une idée & un sentiment. Tous les êtres s'empressent autour de lui & lui disent : Nous t'attendions, c'est pour toi que nous existons : que tardes tu à nous interroger ? nous allons tous te répondre. Il fixe alors cette vaste étendue du Ciel, cette immense Nature, qui, fiere dans toutes ses productions n'a point fait d'esclaves, elle n'a point bâti de murs, elle n'a point forgé de chaînes; cet oiseau qui sur une aîle hardie, franchit l'espace, cet animal des bois qui erre sans guide au gré de son instinct, l'ouragan qui passe, tout parle éloquemment à son cœur, & il apperçoit au milieu de l'Univers la liberté, & il s'écrie : c'est à toi que j'adresse mes vœux, ame des nobles travaux, mere des vertus & des talens; toi qui formes les ames vigoureuses, les esprits élevés & lumineux; toi qui ne faisant point d'opprimé, ne fais point d'oppresseur; toi dont la main sacrée grave dans le cœur de l'homme le caractère primitif de la Justice; c'est à toi que je voue mes jours, conduis mes pas & ma langue; je le sens, tu éleveras ma pensée, tu la rendras digne de l'Univers. Je ne dépendrai point du regard des hommes, je ne porterai point les fers qu'ils se forgent, & si ma mâle indépendance, offense le vice, qui veut être despote, elle plaira à la vertu qui fait l'homme, en ne s'assujettissant qu'aux Loix. Aussitôt il se sent un homme nouveau, sa vue plane, il ne se laisse pas surcharger de ces Loix inutiles que la sottise ajoute aux Loix nécessaires à la société ; il ne se prépare pas des remords en se créant des devoirs arbitraires (*a*). Il épure sa raison pour se préserver de l'erreur ; éclairé sur la valeur réelle des objets, il sçait les apprécier ; au-dessus des illusions du monde, on ne le verra point se passionner pour de petits objets, vendre son tems & son existence, épouser de misérables querelles, se plonger dans le cahos d'affaires épineuses qui se succédent comme les flots d'une mer agitée, son ame égale & tranquille cherche la vérité, loin du bruit & du tumulte, & rejette les funestes préjugés qui tourmentent ceux qui se prosternent devant eux.

Mais s'il use de cette sage liberté qui donne tant de ressort à l'ame, & sans laquelle on ne produit rien de grand, il méconnoît cette indépendance superbe qui se met au-dessus des Loix, & veut briser les liens qui unissent les hommes ; la licence qui égare l'esprit est l'idole des scélérats, elle est l'opposé de la liberté ; peut-elle avoir des attraits pour un cœur rai-

(*a*) On entend par loix inutiles, ces loix d'usage & de convention reçues dans le monde, & qui sont aussi fatiguantes qu'elles sont ridicules.

ſonnable ? La vraie liberté conſiſte à ne dépendre que de ſes devoirs, à jouir des droits d'homme & de citoyen, & à rejetter avec courage les Loix capricieuſes de ces eſprits minutieux & deſpotiques, qui feroient à un citoyen l'outrage de penſer que les Loix de l'honneur ne ſuffiſent pas (a).

Ne nous étonnons pas ſi le génie eſt ſinguliérement ami de la liberté; il a en horreur le deſpotiſme, il redoute ſes caprices & ſes abſurdités; il lui faut des objets qui puiſſent nourrir & fortifier ſa propre élevation; voilà pourquoi il a fleuri ſous le Ciel pur de la Grece, & qu'il a fui ces Etats où un ſeul homme eſt tout, & où par conſéquent tout le reſte eſt vil (b). La main qui touche la Lyre, & celle qui trace les devoirs de l'homme, doivent être libres, pour répondre dignement à la nobleſſe de leur emploi. Le Génie n'a jamais été & ne peut être le partage d'un eſclave; ces coups de pinceau majeſtueux, ces nuances de grandeur & de juſtice qui doi-

(a) Par ce mot, liberté, on ne veut exprimer que le droit légitime de conduire ſa vie privée ſelon ſes goûts, en n'offenſant ni les Loix politiques, ni celles de l'Etat.

(b) Ceci regarde les Orientaux, Peuples ſoumis à la volonté arbitraire d'un ſeul homme, & qui d'après l'expérience n'ont jamais excellé dans les Arts qui font l'honneur de l'humanité.

vent animer les tableaux de l'Ecrivain philosophique, où les puiseroit-il ? Les vertus & les talens ne germent point dans des ames basses & rampantes, & quiconque a pû tendre les mains aux fers de la servitude, a dégradé son être & s'est avili d'avance aux yeux de la postérité (*a*).

Je l'entends, cette voix forte & puissante, qui, comme un tonnerre qui roule dans la nue réveille les esprits les plus engourdis; non ce n'est plus un homme, c'est un Dieu tutelaire qui s'est chargé des intérêts de la patrie, & qui défend la cause honorable de l'humanité; d'une main il foudroye le vice, de l'autre il dresse des Autels à la vertu, déploye toute l'indignation d'une ame sensible contre d'injustes Tyrans, il rejette le cri insensé de l'opinion pour faire parler la voix immortelle de la raison. Que tous les hommes se rangent du parti de l'erreur, que le despotisme emploie son bras d'airain (*b*) pour la faire triompher, il le défiera de réduire en servitude sa pensée. Il cédera plutôt aux clameurs de l'envie, il

[*a*] On veut dire que quiconque a rampé pour l'intérêt de sa fortune n'a rien à prétendre à la gloire.

[*b*] Quand des esprits aveugles s'obstinent à condamner un homme vertueux; cet homme vertueux n'en sera pas moins attaché à ses devoirs. Voila le sens que présentent ces mots.

fuira ses persécuteurs jusqu'au fond des forêts, & préférera, s'il le faut, le commerce des Tygres à celui des hommes ; mais du fond des déserts il ne les oubliera point ; il les servira, tout ingrats qu'ils sont, attendrit sur les nouveaux malheurs qui les menacent, il fera entendre sa voix désintéressée & expirante ; & consumera ses derniers jours à instruire une Société qui la rejette de son sein.

Que ces esprits indifférens sur le désordre qui ne les touche pas, que ceux dont la foible prudence méconnoît cette vertu supérieure à toute crainte, l'appellent un insensé, ou le regardent comme un misantrope qui se livre au triste plaisir d'exercer une censure amere ; ce n'est pas à eux de sentir qu'il est impossible à l'homme vertueux de garder le silence, tandis que les cris plaintifs des victimes de l'oppression retentissent à son oreille & frappent son cœur sensible, tandis que les droits éternels de la Justice sont violés pour satisfaire quelques monstres avides, tandis qu'un peuple entier vit dans les larmes, ayant tout perdu jusqu'au droit lamentable d'élever ses soupirs ; ah ! le desir généreux de venger ses freres de l'attentat des méchans enflamme son

ſon courage (*a*), & ſi vous croyez que la vanité ſeule conduit ſa plume, hommes ingrats, regardez les perſécutions qu'il eſſuie, ſon exil, ſa vie errante, ſes malheurs. Où eſt ſon intérêt ? Quel bien lui revient-il ? S'il eſt coupable, pourquoi donc la gloire demeure-t-elle attachée à ſes pas & devient-elle le prix de ſa noble audace ? c'eſt que la gloire qui ne connoît ni les tems, ni les lieux, ni les conventions arbitraires des hommes, juge d'avance comme la poſtérité.

Hommes de Lettres, vous n'êtes pas toujours aſſez heureux pour avoir de tels ſacrifices à faire à la vérité, mais dans tous les tems de votre vie, vous avez des nœuds chers à briſer. Les plaiſirs vous invitent, la volupté devient plus ſéduiſante lorſque vous vous refuſez à ſes attraits, il faut, nouveaux Uliſſes fermer l'oreille au chant des trompeuſes Sirennes, vous couvrir de votre ſolitude comme d'un Egide impénétrable, fuir le monde pour lui devenir utile, embraſſer la retraite autant par goût que par raiſon ; c'eſt là que votre ame ne ſe renferme pas dans le cercle étroit du

(*a*) On a voulu dire que le citoyen généreux embraſſoit la défenſe du foible opprimé, lorſque ſa voix anéantie, pour ainſi dire, par la miſere, ne pouvoit s'élever juſqu'à ceux qui doivent réparer ſes maux.

B

présent qui s'échappe, mais s'élance dans ces espaces immenses qui la rapprochent des Ecrivains de tous les tems. Je vous vois parcourir le vaste miroir des siécles écoulés, examiner les ressorts qui changent la face des Empires, pénétrer le jeu rapide des révolutions de la Fortune, percer les intrigues de l'Ambition, par les événemens passés prédire les événemens futurs, alors tout sert à vous affermir dans vos heureux principes ; vous les jugez, ces foibles humains, vous les jugez sans passion, vous les voyez tels qu'ils sont, composés de grandeur & de foiblesse, de vertus & de vices ; mais qui doivent peut-être leurs crimes non à la Nature, qui a caché dans leurs cœurs le doux sentiment de la pitié, principe des vertus, mais à la Tyrannie, à l'affreuse Tyrannie, qui aggravant sur leur tête un joug humiliant les a fait gémir, haïr, détester leur existence & les a forcés d'être méchans en les rendant malheureux. Vous pleurez en voyant dans tous les tems les plaies faites à l'humanité par ceux qui puissans & redoutés, méritoient d'en être l'opprobre & le jouet. Vous pleurez en voyant ces mêmes Loix qui sembloient devoir arrêter le cours de tant de maux, devenir terribles & écraser d'un double poids, le foible qu'elles devoient protéger. Votre œil s'étend, votre vûe plane & profondément émus, vous vous écriez d'une commune voix : O ! Qui ſçaura aimer dignement les hommes ? Qui verra diſparoître l'enceinte des murs, les habits, les coutumes, & les mœurs ; & dans une affection généreuſe & univerſelle, frappera cette barbare intolérance (*a*), qui oppoſe Loix à Loix, homme à homme, & qui le rend à la fois aveugle & furieux ? (*a*).

Que l'ignorance confonde l'homme de Lettres avec ces hommes livrés à la pareſſe ſous le nom de repos, qui ſe dérobent à l'agitation générale pour vivre dans le deſœuvrement, qui dorment mollement ſur des fleurs, en s'abandonnant au cours enchanteur d'une riante imagination ennemie du travail, & amie de la paix, dont la longue carrière peut etre conſidérée comme un doux rêve, & qui tombent dans les bras de la mort, ſans avoir daigné graver ſur la terre le ſouvenir de leur exiſtence ; cette injuſtice ne m'étonnera point,

(*a*) On entend ici par intolérance ces opinions particulieres, que l'orgueil de quelques hommes, voudroient donner pour des Loix générales, & la perſécution qu'ils ſuſcitent contre ceux qui n'encenſent point des rêveries puériles inutiles à la ſociété.

elle sera digne d'elle : mais l'œil qui aura suivi les travaux de l'homme de Lettres jugera différemment, il le verra souvent insensiblement miné par de longues études, périr victime de son amour pour les Arts, tomber en poursuivant avec trop d'ardeur la vérité, comme l'oiseau harmonieux des bois tombe de la branche au milieu de ses chants, ou plutôt comme ces illustres Artistes dont la main intrépide interrogeant dans la région enflammée de l'air le phénomene électrique, couronnent tout à coup leur vie par une mort fatale & glorieuse.

C'est ainsi qu'un charme profond captive sous son empire l'homme de Lettres. Entouré des génies les plus rares, c'est à eux qu'il rend son hommage, & non aux idoles de la Fortune. Il brûle l'encens devant ces Auteurs illustres qui ont éternisé leur ame pour l'instruction des siécles, & dédaigne ces hommes qui fiers de leur opulence, croyent tout posséder avec elle. Le tranquille Observateur assis sur la pointe d'un roc qui domine l'Océan, représente le Sage, qui d'un lieu élevé regarde les agitations qui troublent les mortels. Les flots de la tempête se brisent à ses pieds. On ne le verra passe livrer à une mer orageuse & incertaine. Que d'autres comme accablés d'eux-mêmes vendent leur existence; son ame qui redoute jusqu'à l'ombre de la servitude se refuse également aux voies obliques de l'intrigue, à la souplesse du manége, à la moindre démarche qui sente la flatterie. Amoureux & fier de sa liberté, doué d'une aversion insurmontable pour tout ce qui la blesse, il est riche sans bien, célèbre sans dignités, heureux sans adulateurs.

Mais au sein de la retraite, on l'appelle dans le tourbillon du monde; ceux qui se livrent aux plaisirs tumultueux veulent avoir le suffrage de sa présence; jettez-vous dans le tourbillon, frivoles Ecrivains, qui pour écrire n'avez pas besoin de penser, vous y perfectionnerez cet esprit léger tout fier d'idées sémillantes, il vous faut des éclairs, il vous faut un langage brillant qui puisse servir de voile à vos connoissances superficielles; promenez-vous avec la folie, vous n'avez rien à gâter; mais toi homme de génie qui as sçu méditer, poser des principes, affermir ta marche, & comme d'un tronc fertile, en suivre toutes les conséquences, toi qui vois en grand, garde-toi d'asservir tes mâles talens au goût des Sociétés; elles corromproient ton éloquence, tes vues hardies & ſublimes, ton héroïſme vertueux. C'eſt aux feux étincelans & legers que dreſſe l'artifice à recréer les yeux de l'enfance dans l'enceinte des Villes? C'eſt au volcan à lancer des colomnes de flamme juſqu'aux Cieux, à tonner majeſtueuſement dans les Deſerts, à inſpirer une admiration voiſine de l'effroi.

O! que l'homme s'abuſe ſur les objets de la volupté, qu'il ſe trompe dans le choix de ſes plaiſirs, qu'il s'égare dans le tortueux dédale des deſirs de ſon cœur. Il ne ſent plus que d'une maniere incertaine, & il devient le jouet infortuné du premier caprice qu'il vient de ſe forger. Voilà le précipice ou conduiſent les paſſions factices; l'homme de génie les méconnoit, il n'a que celles de la Nature, toujours bienfaiſante en elle-même. Mais me dira-t-on, par quel privilége ſeroit-il exempt des ſentimens chers & terribles qui portent la tempête dans le cœur du ruſtre, comme dans le cœur du Philoſophe qui recherche l'origine de ces mêmes paſſions. Cette étendue d'eſprit, cette force d'imagination, cette activité d'ame, ne donnent-elles pas plus de priſe à ce feu qui ſemble d'autant plus redoutable qu'on oſe le combattre, & ne voila-t'il pas cet homme ſi orgueiljeux de sa sagesse, esclave comme un autre ; non. Nos passions ne sont tyranniques qu'autant que nous les carressons, c'est notre foiblesse qui fait leur amorce, c'est notre complaisance qui les déifie ; l'oisiveté les nourrit, les enflamme, l'amour du travail les enchaîne, les amortit ; la dissipation augmente leur délire, étend leur racines ; la raison affoiblit l'enchantement ; & les beaux rayons de la gloire viennent enfin par leur éclat faire pâlir ces feux mensongers, comme à l'approche d'un jour pur se dissipent les horreurs d'un incendie qui jettoit une lueur affreuse parmi les ténébres. Mais si l'attrait de la beauté subjugue l'homme de Lettres, il ne sera pas du moins avili, il brisera ses fers s'ils sont honteux, il sera semblable au lion enchaîné, qui ne paroît pas esclave au moment même où il se trouve captif.

Il est un autre fleau de l'humanité qui le détruit en détail, poison rongeur de l'ame qui l'attaque au milieu de la pompe & des grandeurs, ou plutôt qui la livre à elle-même, & la contraint à se dévorer, maladie commune aux Grands, sombre vapeur qui étend un voile lugubre autour de nous & flétrit l'Univers, état cruel qui sans avoir les traits aigus de la douleur nous l'a fait presque désirer pour sortir du moins de l'affreux dégoût d'une insipide existence, ce fleau est l'ennui qu'on peut appeller un demi trépas; l'homme de Lettres a le secret de chasser ce monstre ténébreux. Oseroit-il approcher, lorsqu'il se trouve en société avec Homére, Tacite & Leibnitz; il respire leur ame, il s'attendrit ou il s'indigne. Les différentes générations d'hommes, & leurs opinions diverses passent sous ses yeux avec leurs Villes, leurs mœurs, leur culte & leurs loix. Un spectacle succede à un autre; dans ces champs antiques s'élevent de nouvelles Cités, elles tombent & d'autres s'asseyent sur leurs débris. Où est l'instant ou son esprit actif a pû retomber sur lui-même, il a parcouru l'Univers & a déposé dans sa mémoire une suite magnifique de tableaux qui se reproduiront à son imagination, lorsque l'homme oisif & importun venant le tyranniser prendra son silence méditatif pour la preuve non équivoque d'une attention qu'il ne mérite point.

Il est une autre piége qu'il évite aussi habilement; ce sont ces Grands qui par vanité daignent quelquefois lui sourire. Semblables à ces Magiciens qu'on nous peint évoquant les paisibles habitans des tombeaux, ils ſont fiers d'arracher l'homme de génie à ſa retraite, & de le transporter dans des murs étonnés de le voir. Ils ſemblent vouloir jouir de ſa défaite, ou tirer de lui quelque aveu favorable à leur puiſſance, mais ſi cet homme opulent n'eſt qu'un protecteur ou un être ennuyé, qui veut tenter le dernier remede à ſes maux, l'homme de génie n'eſt pas longtems ſans ſe délier, & il le laiſſe avec ſes ſtatues, ſon parc immenſe, & les cordons qui le chamarrent. Mais n'outrons rien, ceux qui ont le malheur d'être grands, peuvent être juſtes, modérés, ſenſibles, & indépendamment de leur nom, l'homme de Lettres ſe lie avec ceux qu'un même goût pour les Arts enflamme, & qui dépoſant l'appareil faſtueux de leurs dignités, ne le reprennent qu'au moment où ils ſont forcés d'aller jouer leur rôle ſur la ſcene du monde. Tel Horace vivoit familièrement avec Mecene en homme libre, & non en homme protegé. Ainſi parmi nous Condé honoroit Corneille; c'étoit la gloire qui faiſoit ſa cour au génie : Ainſi dans tous les tems les grands dignes de ce nom ont fait les premiers pas vers les Ecrivains qui arrêtoient les regards de leur ſiécle. Ces grands ſentoient bien que leurs noms devant passer ensemble à la postérité, elle auroit lieu de s'étonner si elle ne les trouvoit pas unis.

L'homme de Lettres ne se refusera donc pas à la Société, lorsqu'elle ne pourra point effeminer son génie? Que dis-je c'est lui qui doit y porter le plus d'agrémens. Cette aimable gayeté compagne de l'innocence & de la liberté animera ses discours, leur prêtera cette fleur naturelle qui annonce je ne sçais quoi d'ingénieux & de solide, & qui unit une clarté pure à une profondeur heureuse. Ce sera lui qui étendra les idées des autres hommes, qui sous la forme du sentiment, développera les pensées qui reposoient au fond de leurs cœurs, & qui placera sur leurs lévres cette expression juste & facile dont il leur aura donné l'exemple. Cet aliment de la malignité humaine, cette vile ressource des esprits bornés, ce petit orgueil vain & puéril qu'on nomme médisance lui sera inconnu. Trop grand pour s'occuper sérieusement d'objets frivoles, & s'il faut le dire trop amoureux de la gloire pour daigner rabaisser quiconque ignore qu'il en est une, il ne jugera dignes de ses coups que ceux qui par leur puissance influent sur la destinée des Etats, & s'il médit, ce ne sera des Rois de leurs Ministres & du vice des Empires.

Inhabile à flatter, incapable d'offrir à la Fortune le sacrifice de ses pensées, il renonce à ces places où il faut adopter un esprit de corps, c'est-à-dire de cupidité, & c'est ici le vrai triomphe de l'homme de Lettres. La plupart des hommes ne pensent que d'après l'habit qu'il portent; leur profession crée leurs idées; celui qui a rompu les liens nuisibles au progrès de la raison paroît seul posséder un jugement libre que rien ne tyrannise: Accoutumé à renfermer ses desirs dans le cercle de ses besoins réels, il n'en aura point d'illimités. Il sent que les dons de la Nature les seuls biens véritables sont la santé, la joie, la tendresse, la tranquillité de l'ame, & il soutiendra sans douleur toute autre privation, parce que sa raison aura reglé cette intempérance d'imagination qui fait l'inquiétude des autres hommes. Avouons-le cependant; l'indigence est affreuse, un ancien Poëte nous la représente sous l'image d'une femme échevelée, abandonnée sur un rocher désert, qui tantôt lutte contre le désespoir, tantôt mesure l'abîme effroyable ou elle va se précipiter; mais l'indigence n'a jamais surpris l'homme de

Lettres laborieux, il pourra être pauvre, & ce sera là le gage de ses vertus, & de la noble fierté de son ame. A ce mot je vois frémir les ames foibles qui redoutent la vie; ames infortunées qui n'existent plus dès que les molles voluptés les abandonnent; tristes victimes de leur lâcheté, dévouées à la crainte & nées pour l'impuissance; sans doute elle ne sont point faites pour connoître ce courage mâle qui émousse la pointe de l'infortune, résiste aux revers, triomphe des evénemens, & met au rang des plus précieux trésors l'indépendance & l'honneur.

Tel est le partage de celui qui a médité sur l'art de changer les maux en biens, d'opposer la patience aux coups du sort, & de le dompter par la force & l'étendue de son esprit. Envain la Fortune veut se venger des dons qu'il a reçus de la Nature, envain elle l'accable de ces traits qui flétrissent l'ame, il refusera constamment de plier un genou servile devant ses idoles, ou ses favoris. Donnerai-je ici la liste de ces beaux génies persécutés par elle, & qui contens dans leur noble indépendance ont rejetté tout esclavage, & ont opposé une ame inébranlable aux coups de l'adversité. Je les entends, ils s'écrient d'une voix unanime : nous dédaignons les richeſſes, elles ſont le prix de la baſſeſſe. Elles amoliſſent l'ame en l'enchaînant à de nouveaux beſoins. Elles ſe ſont avilies à nos yeux à force d'être l'inſtrument du crime, & d'appartenir à des hommes mépriſables; que l'or, germe de tous les maux, ſoit pour eux, la médiocrité & la gloire ſeront pour nous.

Quelle foule d'Ecrivains ſublimes & pauvres depuis Socrate juſqu'à Deſcartes ; & depuis Homére juſqu'à Milton ! L'héroïſme a été le partage des plus vaſtes génies, jamais l'intérêt n'a ſouillé leur plume, jamais la crainte n'a fait pâlir leur front ; jamais le remord n'a ſuccédé aux accens de leur voix libre. Ici Lucrece ſonde la Nature, analyſe l'homme & le raſſure contre de vaines chimères, heureux, ſi l'erreur ne ſe plaçoit pas à côté des plus utiles vérités ; là, Juvenal arme ſa main de la verge de la ſatyre, porte le flambeau dans les ténébres épaiſſes ou ſe cache le crime, & ſert l'humanité en démaſquant le vice. Je te vois fier Lucain, c'eſt ſous un Néron que tu compoſes ton Poëme ; c'eſt à ſon orgueil barbare que tu oſas diſputer la palme de la Poëſie, c'eſt toi qui péris à vingt-ſept ans pour la liberté ; les flots de ton ſang rougiſſent ton bain, tu ſouris, & tu abandonnes un monde où ne pouvoit plus respirer un homme. Qui ne sent frémir la partie la plus sensible de lui-même à la touche énergique d'un Tacite, il peint & il écrase les tyrans, & du même trait les dévoue à l'opprobre. Sans l'amour sacré de la liberté & d'une noble vengeance, où auroit-il trouvé le courage d'écrire l'histoire de monstres paîtris de sang & de boue? Que vois-je sur ce vaisseau malheureux, ouvert de toutes parts aux coups de la tempête; qui se précipite dans cette mer profonde? C'est le Virgile des Portugais, qui fier & intrépide, lutte d'une main contre les flots; de l'autre souleve son Poëme son plus cher trésor, il le protége, le sauve, & s'écrie transporté de joie, je n'ai rien perdu, j'ai préservé du naufrage le gage de mon immortalité.

A ces grands traits la froide dérision est prête à naître sur les lévres de l'homme vulgaire. S'il lui faut de plus grands exemples, ou plutôt des exemples faits pour lui, je citerai des Rois qui sur le trône ont eu la passion dominante des Arts, & d'autres qui en sont descendus pour se débarrasser de leurs chaînes, & contenter uniquement la soif d'apprendre qui les dévoroit. Titus, Marc-Aurele & Julien furent des Empereurs Philosophes, l'antique vœu de Platon fût rempli, & sous leur régne paisible les hommes sentirent le bonheur d'être gouvernés par des Chefs éclairés, & par conséquent échauffés de l'amour de l'humanité. Héraclite céde à son frere le trône d'Ephese, absorbé dans une méditation profonde, il s'enferme dans les tombeaux de ses ancêtres; c'est dans l'horreur d'un lugubre & majestueux silence qu'il entreprend de percer le voile qui couvre les sciences profondes. Le Créateur des Russies jaloux de transporter les Arts dans le sol ingrat de sa Patrie, va les chercher à travers les dangers, & les travaux; il saisit la hache du matelot pour porter plus dignement le poids du Sceptre, & dans l'étendue de l'Europe rien n'échappe à ses avides regards. Elizabeth de Bohême, Princesse Palatine refuse la main de Ladislas IV. roi de Pologne pour cultiver la Philosophie & les Mathématiques, & s'honnorer du nom de disciple & d'amie de Descartes. Christine dépose le Diadême, quitte de vils flatteurs pour s'entretenir avec des êtres pensans, & tandis que les autres Souverains demeurent comme empoisonnés dans leurs vastes Royaumes, elle parcourt l'Italie, théatre superbe d'antiques monumens dont les débris portent encore dans l'ame un ſentiment involontaire d'admiration & de reſpect. Et ſur les ruines magnifiques de la dominatrice de l'Univers, elle oublie ce trône qu'elle occupoit. Je ſçais que la Philoſophie oblige les Rois de porter pendant toute leur vie le triſte fardeau du Sceptre qu'un deſtin fatal leur a impoſé ; je ſçais qu'elle leur défend d'oſer s'élever à un état plus heureux, mais elle eſt auſſi trop ſevere. Retenir l'empire de la puiſſance eſt un héroïſme trop grand pour qu'il ne ſoit pas auſſi peu rare, & qui peut blamer Chriſtine parce que à ſa place il auroit eu le courage de ne point abandonner l'autorité ſuprême, le Philoſophe ſera-t'il toujours orgueilleux de la trempe heureuſe de ſon ame, & exigera-t-il ſans ceſſe des Souverains cette même fermeté qu'il auroit pû avoir.

Je ne veux point que vous renonciez à l'empire des Graces, vous ſexe aimable, qui pouvez partager le bonheur qu'enfante la culture des Lettres. Jouiſſez toujours du don flatteur de la beauté qui adoucit l'homme le plus ſauvage, & qui eſt l'heureux lien de la Société, mais connoiſſez auſſi vos autres avantages. Dignes compagnes

compagnes de l'homme, osez penser avec lui ; la Nature vous a donné le même esprit. Vos lumieres dirigées par le sentiment apporteront à l'homme une félicité nouvelle, & peut être ajouteront à l'éclat de vos charmes. Nous ne redouterons pas vos talens, lorsqu'ils contribueront à embellir ce qui nous environne ; je m'éleverai contre cette coutume barbare qui étouffe dans les jeunes personnes de votre sexe les germes précieux des plus rares talens. Pourquoi ne pas donner une égale éducation à des esprits également doués de raison? celles qui doivent adoucir les amertumes de notre vie, peuvent-elles se passer d'être instruites? l'ignorance leur prêteroit-elle de nouveaux attraits? Qu'elle inhumanité les prive de l'avantage que procure le goût des Arts? Ce Sexe l'ornement de la terre destiné à élever nos premiers ans, sera-t-il toujours condamné à la frivolité? Si leur esprit étoit plus enrichi, notre éducation y gagneroit. Quel plus doux emploi pour une mere que de verser dans les ames neuves & tendres de ses enfans les premieres impressions du beau & du vrai. Que ses paroles sont insinuantes & se gravent profondément! Que la vertu est douce & riante dans sa bouche! Hommes injustes quel dons profanez-vous? Pourquoi ne pas cultiver le sentiment exquis de leur ame ? Pourquoi ne pas tourner la souplesse & la vivacité de leur imagination sur des objets utiles ? Pourquoi enfin, leur interdisant toute noble carrière, leur envions nous encore les jeux & les plaisirs de l'esprit ? Est-ce l'effet d'un préjugé aveugle, où plutôt notre jalousie secrette prévoit-elle que nous serions bientôt surpassés ?

Mais ce seroit peu d'avoir exposé la liberté dont jouit l'homme de Lettres, si je ne dévoilois les plaisirs délicats qui l'accompagnent à chaque instant qu'il les appelle.

SECONDE PARTIE.

HOMME de génie n'accuse point la Nature ; ne te plains point d'avoir reçu en naissant ce feu sacré qui te presse, te domine, te rend utile & cher à l'Univers. Est-ce à toi de vendre tes services ? Est-ce à toi d'attendre ton destin des hommes ? Si l'envie s'attache à tes pas ; si l'imbécile superstition te poursuit de contrées en contrées (*a*) si la calomnie exhale les poisons de sa bouche ; que peuvent de tels monstres contre toi ? Est-ce à toi de les

(*a*) C'est cette haine aveugle & opiniâtre que l'envieux conçoit pour l'homme éclairé ; c'est cette jalousie que ressentent les ames basses incapables de l'égaler.

craindre. Que peuvent-ils contre ton cœur dont le témoignage consolant te récompense d'avoir suivi ce qui étoit juste & grand ? Aimerois-tu mieux grossir la classe des hommes vils & lâches dont la fureur triomphe ? Préférerois-tu une molle inaction à l'honneur même dangéreux de parler devant le genre humain ? Songe que c'est lui qui est juge ; rappelle à ce Tribunal sacré, & tache d'honorer toujours dignement en toi la cause de l'homme. Songe que tu tiens entre tes mains les intérêts de toute ame noble & généreuse ; plaide avec courage, & en présence du méchant même, il frémira à ta voix, les remords secrets déchireront son cœur, & tu liras ton triomphe sur son front abattu. Tu es malheureux, persécuté ; eh ! Dis moi qui ne l'est pas ? Echapperois-tu dans l'obscurité à la haine ? Non : tu trouverois dans la poussiere des insectes ténébreux qui te tourmenteroient, & tu aurois de moins tes talens, tes vertus & ta renommée. Que te font ces cris odieux ? Te ravissent-ils l'honneur ? Ta gloire en devient souvent plus grande. As-tu toujours suivi l'inspiration secrette de cette voix qui nous dirige? N'as-tu jamais été l'interpréte du mensonge, l'instrument de la haine? N'as-tu rien donné au ressentiment ? Si tu t'es trompé, eſt-ce de bonne foi? Tes erreurs ne tiennent-elles qu'à ton extrême ſenſibilité. Leve encore une tête ſuperbe, & marche au milieu de tes ſemblables ; comme un Roi généreux que précédent les bienfaits, marche au milieu de ſes vaſtes domaines.

Ami, ne te regarde pas comme une victime préparée pour le ſeul bonheur d'autrui : la Nature n'a pû te ſauver les peines inévitables attachées à la condition humaine ; mais vois auſſi toutes les qualités dont elle t'a doué avec une magnificence digne d'elle & de toi. Elle t'a donné ce ſentiment exquis, ce diſcernement prompt & vif, cette ame honnête & ſenſible qui s'enflamme pour le beau, & le goûte avec tranſport. Il exiſte entre l'Univers & toi une relation intime, ou plutôt l'Univers eſt créé pour tes yeux. C'eſt à toi d'analyſer & de peindre ſes beautés. Tu ſeras ſaiſi de reſpect, d'admiration & d'enthouſiaſme, lorſque le vulgaire ne ſera pas même ému ; tu ſeras pour ainſi dire le point vivant ou viendront ſe refléchir les merveilles diverſes de la Nature, & ton amour invincible pour le vrai, pour le bon, te donnera chaque jour une idée flatteuſe de la ſublimité de ton ame.

Ce que la volupté a de délicieux elle le reçoit de l'eſprit, ſes délices ſont pures &

immortelles comme lui, c'eſt une ſource heureuſe qui ne tarit point. L'image du beau, ainſi que celle de la vertu eſt gravée au fond de nos cœurs; il n'appartient qu'à nous de la contempler ſans ceſſe; voilà la véritable jouiſſance de l'ame, & le plaiſir inaltérable; auſſi les gens de Lettres ſçavent trouver en eux-mêmes une ſatisfaction douce & continue, qui n'agite point le cœur, qui ne réfroidit point l'imagination, tandis que les autres hommes jamais détrompés, embraſſent dans une volupté paſſagere un phoſphore brillant qui ſe diſſipe.

Qu'eſt-ce que le bonheur? Le bonheur eſt l'ouvrage de la raiſon, c'eſt le parfait accord de nos deſirs & de notre pouvoir. Or, l'homme de Lettres amoureux dès l'enfance, de tout ce qui porte l'empreinte de la penſée & du ſentiment, s'éclaire à la lumiere de l'une, & s'échauffe à la douce chaleur de l'autre. Il trouve des charmes variés ou les autres n'apperçoivent qu'une couleur triſte & uniforme. Il n'a pas beſoin de recourir à des objets étrangers; il n'a qu'à deſcendre en lui-même qu'à fouiller cette mine riche & profonde qui recéle des tréſors inconnus. Son ame eſt dans l'équilibre, par ce qu'elle ne pourſuit pas plus qu'elle ne peut obtenir; elle ſera heureuſe par le ſentiment qu'elle a de connoître, d'embraſſer divers rapports, & de jouir d'une foule de tableaux. Il n'eſt point de plaiſirs flatteurs s'ils n'affectent le ſentiment : c'eſt la partie divine de notre être, elle ſaiſit ce qui eſt inacceſſible aux ſens, elle ſe paſſionne, s'attendrit, s'enflamme, ſa ſubtilité inconcevable pénetre les objets les plus éloignés ; elle eſt la créatrice & la dépoſitaire des plaiſirs de l'homme de Lettres, plaiſirs auſſi vifs peut être que ceux que procurent les paſſions, mais ſans contredits plus fréquens, plus vrais & plus durables.

O ! vous qui m'entendez, qui poſſedez ce ſentiment rare, ce tact fin & délicat, ce feu ſubtil inconnu, vous me diſpenſerez de définir ce que vous ſentez avec tranſport. Ce n'eſt pas pour vous que je parle ames froides & bornées qui n'avez jamais fait uſage de vos facultés intellectuelles ; il faut frapper vos ſens pour réveiller votre langueur. La ſcience eſt pour l'homme de Lettres un océan immenſe, où il ſe plonge avec volupté ; il étend de tout côté la ſphere de ſon bonheur, & devient ſenſible à des plaiſirs qui échapent au reſte des hommes. Deſcartes qui s'empriſonne trente années ſondant la Terre & les Cieux ; Mallebranche loin de ce monde lorſqu'il médite ; Corneille dans l'enthousiasme jusqu'au lever de l'aurore ; la Fontaine assis un jour entier au pied d'un arbre, exposé à l'inclémence d'un Ciel pluvieux ; Archiméde qui n'apperçoit point la main qui va l'assassiner; voilà le charme invincible & profond qui retient dans ses chaînes invisibles l'ame du Poëte, & du Philosophe ; qui la pénétre, la remplit sans la fatiguer, qui accroît sa force & lui découvre des régions nouvelles étincelantes de beautés neuves & sublimes. Quelle joie plus pure en effet que celle que donne la découverte d'une utile vérité ? Est-il un transport plus vif que celui qu'inspire le sentiment rapide du beau ? Où est le contentement préférable à celui qui couronne d'honorables travaux ? Alors je ne sçais quel transport noble, & non orgueilleux rend à l'homme de Lettres un témoignage consolant de la grandeur de son génie, parce qu'il a sçu l'appliquer à ce qui est utile, décent & honnête

Rien ne lui est étranger, tout ce que l'esprit humain a pensé vient se peindre à son esprit, son goût en devient plus étendu, & plus sûr, son intelligence plus nerveuse. Il jouit tour à tour des systêmes élevés & profonds de la Métaphisique, des sublimes préceptes de la Morale, des immuables vérité de la Géométrie, des tableaux attachans de l'Histoire, du pinceau de Rubens, du cizeau de Bouchardon, du charme inexprimable de l'éloquence, & de celui de la Poésie le premier, le plus beau des Arts, qui frappant par excellence le cœur de l'homme, lui procure le plaisir d'être délicieusement ému, & embellit à ses yeux tous les objets de l'Univers.

Ainsi la méditation qui paroît sombre & severe, & qui est le supplice d'un esprit superficiel devient la passion chérie d'un homme de Lettres; son esprit profond parcourt successivement la chaîne qui lie les êtres, monte, descend, s'arrête, compare les rapports, les juge, & est fier des traits épars & lumineux qu'il saisit dans sa course rapide. Une premiere vérité l'enhardit à en connoître une seconde, & si sa vie n'étoit pas bornée, sans doute, tel homme de génie auroit embrassé le cercle des connoissances humaines.

Faut-il s'étonner s'il dédaigne tout spectacle de vanité & de luxe, s'il chérit cette simplicité, vrai caractère de la grandeur, soit dans les Arts soit dans les mœurs. Qu'à-t-il besoin des mœurs factices & artificieuses de son siécle? Sa Société est la Société des grands hommes de tous les tems. Que seront à ses yeux les foibles imitations d'un Art limité? Son spectacle est celui de la Nature, c'eſt-là qu'il prépare ſes pinceaux, & qu'il broye ſes couleurs. Il ſe plaît dans les contraſtes les plus frappans, dans les phénomenes les plus terribles qui font l'école du génie. Il admire également la clarté brillante d'un jour pur & ſerein, & les nuages orageux portés ſur les aîles des tempêtes, & le calme auguſte de la Nature qui ſe tait dans le fond des Forêts, & l'écho du Tonnerre qui du haut de ſon trône terrible & ténébreux, gronde avec majeſté ſous un Ciel déchiré par l'éclair, & le fleuve majeſtueux qui promenant lentement ſes eaux, répete ſes bords enchantés, & les vagues mugiſſantes qui frappent & blanchiſſent d'arides rochers de leur écume, & l'aſpect magnifique d'un vaſte & ſuperbe Palais, & les débris antiques des colomnes renverſées & rongées par la lime des tems.

Mais l'ombre de la nuit ſurvient, il ſe dérobe au ſommeil ; à la lueur d'un flambeau qui le plonge dans une volupté douce, il converſe avec ces morts illuſtres, ces ſages de l'antiquité, réverés & bienfaiſans comme les Dieux, héros donnés à l'humanité pour ſa gloire & ſon bonheur.

Alors dans les vaſtes penſées d'une ſublime méditation, le livre antique lui tombe des mains, le ſoufle inſpirateur ſe répand dans son ame, son cœur s'échauffe; son imagination s'allume, un frémissement délicieux coule dans ses veines, l'enthousiasme le saisit; sur des aîles de feu, son esprit s'élance, il franchit les limites du monde, il plane au haut des Cieux : là, il contemple, il embrasse la vertu dans sa perfection, il s'enflamme pour elle jusqu'au ravissement & à l'extase, je vois son front riant tourné vers le Ciel, des larmes de joie coulent de ses yeux, l'amour sacré du genre humain pénetre son cœur d'une vive tendresse, son sang bouillonne; la rapidité de ses esprits entraîne celles de ses idées; c'est alors qu'il peint avec sentiment, qu'il lance les foudres d'une mâle éloquence, qu'il crée ces chefs-d'œuvres l'admiration des siécles; il donne l'ame, la vie, ou plutôt il embrâse tout ce qu'il touche. Que lui manque-t-il alors pour rétablir l'ordre dans l'Univers? Il ne lui manque que la puissance; il a le droit d'aimer, de haïr; il a vû tout ce qui blessoit cet ordre, la maladie des Empires, la contradiction des Loix, la Force égorgeant l'Equité; il a frémi à la fois d'un mouvement de tendresse & d'indignation; il a voulu terminer les débats antiques de l'horrible oppresseur, & du foible opprimé; & si dans l'excès de son zèle, il s'est égaré dans ses vûes sublimes, du moins les ſuccès du crime ne lui en ont point impoſé, & n'ont point fatigué ſa conſtante vertu.

Ce ſeroit ici le lieu de peindre l'ivreſſe qui pénetre ſon ame, lorſqu'aux acclamations des Citoyens ſatisfaits, la gloire aux aîles brillantes, deſcend ſur ſa tête la couronne qu'il a méritée ; lorſqu'un Peuple éclairé & ſenſible lui prodigue ces applaudiſſemens qui font pâlir l'Envie ; lorſque la reconnoiſſance multiplie ſon nom dans toutes les bouches, & que plus heureux encore il voit la flamme généreuſe qui embrâſe ſes écrits ſe répandre dans tous les cœurs, & qu'ils ſe rempliſſent des principes vertueux qu'il a établis pour le bonheur des hommes. Alors il dit, j'ai fait quelque bien ſur la terre, mon exiſtence n'a point été mépriſable, elle m'eſt chere, puiſqu'elle a été utile à quelqu'autre. O gloire ! ô amour de l'eſtime ! C'eſt toi qui ſatisfais le penchant le plus digne de nous ; tu nous écartes des routes de la moleſſe pour nous faire marcher ſur les pas des grands hommes ; tu ravis au néant le ſouvenir des nobles travaux ; ſois toujours la paſſion la plus forte, la plus durable, la plus agiſſante dans l'homme de Lettres. Quiconque ne te ſent pas ne s'élevera point même juſqu'au médiocre.

C'eſt ainſi que ſont payés les momens que l'homme de Lettres a paſſé dans la ſolitude. Le tems écoulé & perdu pour l'homme vulgaire exiſte encore pour lui. Il ſe reproduit ſous ſes yeux, & le remords d'un jour inutile n'entre point dans ſon cœur ; le calme, la tranquilité enfans de la modération des deſirs, deviennent ſon partage. La tendre amitié lui ſourit. Que les hommes durs la dédaignent ; que les triſtes raiſonneurs la calomnient ; il la trouve parce qu'il l'invite. Il ne cherche point dans ſon ami un flatteur ou une victime de ſes caprices, mais une ame honnête où il puiſſe délicieuſement épancher la ſienne, établir une communication intime de toutes ſes penſées, s'élever, s'embellir mutuellement dans un commerce qui ne ſouille point le mélange impur de l'intérêt. Le don de la parole devient pour eux le lien de leurs cœurs, ils s'entendent, ſe préviennent & ſe perfectionnent l'un par l'autre. L'expreſſion naïve de leurs ſentimens vole ſans effort ſur leurs lévres, ils oſent ſe montrer tels qu'ils ſont ; la confiance s'établit, le rapport de goût ſe fortifie, l'amitié les unit à jamais, ils penſent enſemble, & ils n'ont point à craindre que la cupidité vienne briſer des nœuds dont le charme fait toute la force.

O! qu'il eſt doux dans le ſein de cette auguſte amitié, de n'obéir qu'à la voix du génie, de ſuivre ſes inſpirations ſecrettes, de nourrir chaque jour ce feu ſacré des beaux Arts, ce goût épuré qui forme une trempe d'ame également vigoureuſe & ſenſible. Quelle ſource de délices de s'élever avec Corneille, de pleurer avec Racine, de rire avec Moliere, de penſer avec Monteſquieu, Buffon, & Rouſſeau. O douces illuſions de la Poëſie! Vous n'avez pas moins de charmes pour moi que la vérité; puiſſiez-vous me toucher & me plaire juſques dans les derniers inſtans de ma vie. Que je liſe avec le même raviſſement ce que les Muſes immortelles ont chanté, que j'oublie les paſſions orageuſes qui tourmentent l'homme inquiet pour m'élever aux penſées riantes ou majeſtueuſes qui font diſparoître tout ce qui n'eſt pas elles. Dans mes promenades ſolitaires, je te ſuivrai dans les combats impétueux, Homére & tes héros me paroîtront auſſi grands que tes Dieux. Tu peindras l'amour ſacré de la Patrie, la valeur qu'il inſpire; la gloire qui accompagne l'homme courageux, l'opprobre inévitable qui atteint le lâche. Je goûterai tes images tour à tour ſublimes & gracieuſes, & cette chaîne d'or qui tient l'Univers ſuſpendu devant le maître des Dieux, & la ceinture de la mere des graces, & le ſang immortel de Venus qui coule ſous la lance du fougueux Diomede, & Junon qui ſur le mont Ida enveloppé d'un nuage impénétrable aux rayons du Soleil, déſarme dans ſes bras le Dieu qui lance la foudre ; tout ſera pour moi un tableau de la Nature, tout m'offrira ſous d'aimables fictions l'emblême de la vérité. Je te méditerai comme Platon inimitable, La Fontaine, toi dont la naïveté cachoit tant de profondeur, j'aimerai à reconnoître l'empreinte de ce cœur ſans fiel ; de cette ame ſi ſimple, mais ſi noble qui défendit Fouquet, & ne connut jamais le moindre détour. Aſſis ſous un ombrage frais, couché près du criſtal des eaux ; tu ſourioіs à la Nature, & la Nature te couronnoit de ſes fleurs. Je ne t'oublirai pas énergique la Bruyere, toi qui portas une vûe ſi pénétrante dans les replis du cœur humain ; en apprenant à me connoître, j'apprendrai à pardonner aux hommes ; mais quand la nuit étendra ſes voiles ſombres, que les mortels fatigués ſe livreront au repos, au milieu du ſilence des nuits, tu m'entraineras hors des limites du monde, audacieux Milton, un voile impénétrable couvroit ta paupiere, mais ton œil intellectuel apperçut cet eſprit qui porté ſur les eaux appella l'Univers de l'abîme du néant. Tu me peins le jour pompeux de la création, la terre couronnée de verdure s'échappant des mains du Tout-Puissant ; il allume le Soleil, il déploye l'auguste pavillon du firmament. Tu me transportes dans le Jardin d'Eden ; tu me fais voir le régne fortuné de l'innocence, la beauté majestueuse d'Adam, les graces pudiques de sa chaste compagne. Bientôt je traverse l'empire de l'informe Cahos, je descends dans les gouffres brûlans creusés par la Justice Divine. Là, tu me réprésentes les esprits de révolte étendus sur le lac enflammé ; leur Chef porte sur son front cicatrisé l'empreinte de la foudre; j'entends les blasphêmes respectueux qu'il vomit dans son audace, aussi étonnante que coupable; soudain tu me ravis aux Cieux, je vois les légions aîlées qui entourent le trône de l'Eternel ; il parle, tout s'ébranle; les milices du Dieu vivant s'élancent pour venger sa puissance outragée. Le Ciel & l'Enfer se choquent ; l'Enfer a soulevé ses feux, le Ciel a fait pleuvoir ses foudres, la victoire est suspendue dans ce combat terrible ; mais quel moment formidable ; le char du fils de l'Eternel franchit les plaines de l'immensité ; les carreaux vengeurs qui partent de ses mains, précipitent, écrasent & poursuivent ces innombrables légions de rébelles; ô Milton ! Je les vois tomber dans le gouffre immense de la désolation ; j'entends les portes de l'effroyable abîme se refermer pour jamais, & je te vois un instant près du vainqueur, couronné des rayons de sa gloire, & environné de l'éclat de mille Soleils.

Active imagination, tu es la source & la gardienne de nos plaisirs ; ce n'est qu'à toi que nous devons l'agréable illusion qui nous flatte ; tu sçais fournir à notre cœur les plaisirs dont il a besoin ; tu rappelles nos voluptés passées, & tu nous fais jouir de celles que l'avenir nous promet ; tu plais sur-tout à l'esprit ; c'est ta flamme subtile & légere qui colore & les Cieux & la terre & les Mers ; sans toi l'ame se refroidit, la fleur la plus précieuse de notre sensibilité tombe, se fanne, & tous les charmes de la vie disparoissent ; tu distingues dans les Arts celui qui est né avec du génie ; la pensée la plus profonde s'évanouit, si elle n'est revêtue de tes couleurs ; tu as peut-être découvert plus de vérités que la raison même, car tu joins la force à l'agrément, la persuasion à l'autorité ; tout ce qui est vif, délicat, riant est de ton ressort ; oui, tu es le miroir heureux où se peignent, se multiplient, s'embelissent s'embellissent tous les objets de la Nature.

Aimable imagination, souveraine de nos esprits, dès qu'on se livre à ton vol enchanteur, l'infortune fuit, les rayons de l'espérance dorent la perspective du bonheur; l'homme de génie échauffé par toi, se trouve dans son malheureux destin au-dessus de ses revers, & même il les oublie; il porte en lui un trésor que ne peut lui arracher la Fortune: Animé d'un feu céleste, il exerce sa pensée, elle se repose sur les objets les plus sublimes ou les plus rians, & l'image de ses maux est effacée. Baçon emprisonné sous la voûte d'un cachot, commandoit à son ame de franchir ces murs épais, elle méditoit l'ordre éternel de l'Univers, le mélange inévitable de bien & de mal, la succession nécessaire du plaisir & de la douleur. Eh, que lui faisoient alors ces chaînes, qui ne pouvoient captiver la plus noble partie de lui-même? Chantre de Tancrede & d'Armide, je te suis dans tous les lieux où t'entraîne le destin le plus bizarre, je vois le charme de la Poësie, comme un baume vivifiant, ranimer ton ame flétrie par la douleur; tu braves le sort & les ennemis en te jettant dans les bras des Muse; la mort s'avance & tu ne l'apperçois pas; ton œil ne se porte que vers l'immortalité. Je vois Tompſon monté ſur un Vaiſſeau prêt à fondre dans l'abîme ; il ſemble oublier le péril, il contemple les ſuperbes images de cette horrible tempête, ce ſombre effrayant qui colore la Nature attriſtée, & la lueur rapide des éclairs réfléchie ſur les eaux ; paſſionné pour ſon Art, il s'écrie : O ! Le beau ſpectacle, ô la magnifique tempête ! Ovide eſt exilé loin de Rome, dans les affreux Déſerts de la Scithie. Une Nature ſauvage s'embellit de ſa préſence. Il confie à ſa Lyre les chagrins de ſon ame, & par une magie puiſſante, ſes malheurs s'effacent, tandis qu'il s'occupe à les peindre. Il épanche ſa douleur dans ſes vers éloquens ; il ſe plaît dans ſes plaintes, le ſuccès de ſon eſprit trompe ſon cœur, & il rend vaine la vengeance de ſon Tyran.

Amour des beaux Arts, que n'enflammes-tu tous les cœurs? Tu ſerois un ſecours toujours préſent contre l'ennui & contre l'infortune ; les mortels déſabuſés ne connoîtroient plus d'autre ambition que celle de reculer les bornes de l'eſprit humain ; attendris par vos leçons, ils ne deviendroient ſenſibles qu'aux charmes éternels du beau. Eſt-il rien deplus délicieux que de pouvoir jouir de la Nature, en tous les tems, en tous les lieux ; d'ouvrir ſon ame aux objets enchanteurs qui la décorent !

Quelle ſource inépuiſable d'agrémens que ce qui flatte notre goût intérieur, faculté diſtincte des autres ſenſations, & qui nous rend ſenſible à la beauté, à l'ordre, à l'harmonie ! Alors les mœurs prennent l'empreinte de ces occupations douces & utiles. Tandis que l'ennemi des beaux Arts ſur le déclin de ſes années, à charge à lui-même & aux autres, éprouvera un vuide affreux, n'enviſageant que le ſpectre de l'ennui, & les ombres horribles de la mort : l'homme éclairé jouira du ſpectacle de ſa vie paſſée ; il aura ſçû apprécier, ce que vaut l'exiſtence, & fort par ſa penſée, il ne redoutera point l'inſtant inévitable qui doit terminer ſa carrière : ainſi le généreux Fénélon, qui montra à l'Univers le caractère rare & ſacré d'une ame remplie à la fois d'une extrême vertu & d'une extrême douceur, ne perdit point dans les Cours la ſimplicité de ſes mœurs, & conſerva dans ſon exil cette égalité d'ame que rien ne pût corrompre. Ainſi, Fontenelle, ce Neſtor, qui illuſtra deux ſiécles, calme, tranquille, modéré juſqu'à ſa derniere heure, vit fuir le ſonge de la vie comme un Sage du haut d'une colline élevée voit mourir les derniers rayons du Soleil.

Que ne puis-je placer ici les noms de ces Ecrivains non moins diſtingués par leurs vertus que par leurs talens ? Je ferois voir que le feu du véritable génie n'embrâsa presque jamais que des ames sublimes. Je prouverois par les écrits & les actions de ces hommes immortels combien leur cœur étoit pénétré de cette vertu douce dont ils se sont efforcés d'étendre l'empire. Alors mes foibles accens rendus plus forts par la mâle éloquence de ce bienfaiteur de l'humanité iroient porter la honte & le remord dans le sein de leur persécuteurs ; alors l'Envie étonnée de se trouver sensible laisseroit tomber ses fléches empoisonnées ; & ses lâches Ministres réduits au silence, ne jouiroient plus du coupable plaisir de rabaisser un mérite qui les offusque.

Pourquoi ne puis-je dissimu ler ici le vice de la Littérature moderne ? Je l'avouerai elle est souillée par des Auteurs mercenaires & méprisables, dignes milices de l'ignorance & de la calomnie dont ils suivent les mouvemens désordonnés. Au milieu de cette triste & dévorante anarchie, je ne ferai point entendre ma voix, mais je m'adresserai à vous qu'une émulation trop ardente, un amour excessif de la gloire conduisent à dépriser de trop dignes rivaux. Il appartient sans doute à la raison de dissiper les prestiges de l'orgueil malheureusement si naturel à l'homme, & de faire voir qu'on ne s'éleve point en abaissant autrui. Ma voix est foible, mais du moins elle sera l'interpréte de l'honnêteté; & je dirai: ô vous qui courez la carriere de l'immortalité, oubliez-vous qu'ayant l'honneur de parler aux hommes, ils ont droit d'attendre de vous une vertu mâle, severe, courageuse, qui sçache prononcer contre vous-même lorsque l'intérêt général le demandera. Oubliez-vous qu'on ne pardonne pas à l'envieux, & au méchant même en faveur de son génie, & que le souverain mépris s'allie quelquefois à l'admiration des plus rares talens. Oubliez-vous que si la malice humaine sourit quelquefois aux traits ingénieux de la Satyre, elle passe avec la foule interessée à le recevoir, & que l'équité proscrit bientôt cette petite vengeance en marquant du sçeau du mépris le jaloux censeur. Eh! Que veulent dire cette haine, ce fiel, cette animosité qui vont bientôt vous confondre avec le plus vil des hommes. Le Forgeron hait le Forgeron, la faim lui dicte son inimitié; mais vous qui pretendez à la gloire, imiterez-vous l'homme venal dont l'ame répond à la bassesse de son état? Que craignez-vous? L'estime publique est inépuisable, & la gloire tient des couronnes toutes prêtes pour chaque espece de mérite. Doit-on être l'objet de vos éternelles vengeance pour oser courir la même carrière ou vous vous rencontrez ? Ne devez-vous donc arriver au but que couvert de lauriers arrachés avec fureur des mains de vos concurrens, & déja flétris par la honte ainsi que par les reproches des Spectateurs ? Songez que vous êtes tous égaux lorsque vous volez dans la lice. Qui de vous en effet oseroit se flatter d'être déclaré vainqueur par la voix de la postérité ? Elle jugera, & vos cris ne seront point entendus, & tous ces téméraires critiques disparoîtront, heureux si l'oubli ne les dérobe à l'opprobre. Que ces têtes étroites, ces ames mal nées indifférentes sur l'intérêt général, concentrées dans leurs petits intérêts ne voyent que ce qui les blesse, vous hommes de Lettres & dignes de ce nom, vous ne profanerez point une plume qui ne doit être consacrée qu'au bien public, en la faisant servir à l'orgueil d'immoler un rival ; c'est à vous de donner l'exemple de ce généreux désintéressement, de cette impartialité qu'on est en droit d'attendre de vous, & que vous exigeriez pour vous même.. L'éloge d'un homme de génie, n'est-il pas la plus douce récompense d'un autre homme de génie ?

dites c'eſt mon frere qu'on admire, qu'on loue, qu'on perſécute, je dois le conſoler, le défendre, puiſque les méchans le puniſſent d'être éclairé & vertueux; pour jouir de l'eſtime de mes conremporains, il me faudra un jour paſſer par les mêmes épreuves. Oui, hommes de Lettres vous ne formez qu'un corps, vos intérêts ſont les mêmes, rendez-vous reſpectables; l'union ſeule peut concentrer vos forces. Vous ſerez invincibles en uniſſant vos lumières. Si vous vous iſolez vous ne ſerez plus que de foibles ruiſſeaux, qui ſe déſſecheront d'eux-mêmes, tandis que vous auriez pû former un fleuve vaſte, impoſant & d'un cours majeſtueux & immortel. Eh! La gloire elle-même vaut-elle le plaiſir réel & ſenſible, de vous communiquer vos idées, d'aggrandir mutuellement vos connoiſſances, de mêler les tréſors de vos ames, de vivre en freres, en amis, honorés & vertueux. Que l'amour propre eſt petit & mépriſable auprès de cette élévation d'ame qui fait diſparoître toute rivalité! Périſſent donc les odieux monumens érigés à l'Envie : que ſur leurs débris s'éleve un autel à la paix; venez-y ſerrer les nœuds d'une amitié utile & douce. Que l'émulation n'excite plus parmi vous que de ces diſputes dont les Arts puiſſent s'enrichir. Si votre cauſe exige quelque chaleur, que ce ſoit avec nobleſſe avec honnêteté; vos raiſons ne perdront rien de leur force lorſqu'elle ſeront préſentées avec modération; on y reconnoîtra mieux le ton de la vérité. Songez enfin que la juſtice, la générosité, la grandeur d'ame doivent vous animer ſi vous voulez les peindre avec force, & les faire paſſer dans les cœurs de ceux qui vous écoutent. Diſtingués du reſte des mortels par vos lumières, montez votre ame au ton de votre génie, il en ſera plus grand, plus fier, plus ſublime, plus cher à la Nation, à l'humanité, & la foule envieuſe ne ſaiſira plus le prétexte de vous refuſer ſon hommage pour exercer le triſte droit de calomnier vos mœurs, & vous mépriſerez les ſourds complots du Fanatiſme, & de l'ignorance, & affermis ſur la colomne inébranlable de la probité jointe à l'honneur, vous verrez vos ennemis réduits à garder un ſilence qui fera leur ſupplice & leur honte.

FIN.

BIBLIOTHEQUE NATIONALE

www.ingramcontent.com/pod-product-compliance
Ingram Content Group UK Ltd.
Pitfield, Milton Keynes, MK11 3LW, UK
UKHW021656260726
13994UKWH00003B/1494

9 782329 337227